Cuando la TIERRA estaba en silencio

GABRIEL ANTHONY LOPEZ

Printed in the United States of America
ISBN 978-1-64133-988-9 (hc)
ISBN 978-1-64133-977-3 (sc)
ISBN 978-1-64133-978-0 (ebk)

2024.12.11

Blue Ink Media Solutions
1111B S Governors Ave
STE 7582 Dover,
DE 19904

www.blueinkmediasolutions.com

Table of Contents

Las danzas fantasmales están en todas partes. El silencio de la Tierra está allí. Lydia Miller agarró una pala y se sumergió en el sedimento de las Badlands de Montana. Estaba agachada sola en un terreno junto a un afloramiento. El sol se estaba poniendo y las estrellas más brillantes comenzaban a titilar en el cielo. Lydia siguió cavando hasta que el agua del cubo estaba mayormente sucia. Había terminado otro día de arduo trabajo. Quitándose el sombrero y sintiendo la fresca brisa del otoño, caminó hacia su tienda de campaña. Algunos árboles brillaban con su tono dorado contra la puesta de sol. Revisó sus papeles en un escritorio improvisado. Se quedó allí un rato y lo que escribió continuó asombrándola. Colocó algunos restos paleontológicos y geológicos en uno de los instrumentos científicos más nuevos. Esperó los resultados. Las lecturas del instrumento confirmaron su asombro. Es el año 2240 y la humanidad ha hecho grandes avances científicos. Miró un modelo de un Parasaurolophus. Junto a él había uno de un Velociraptor. Depredador y presa, pensó. Las luces parpadearon en la tienda de Lydia. Todavía se preguntaba qué significaba todo y si realmente valía la pena. Este era el trabajo de su vida. Si tan solo pudiera ir más allá con ello, pensó. El mundo que estaba descubriendo había resultado beneficioso para la humanidad, pero lo que finalmente escribió ahora era o bien condena o bien esperanza.

CAPÍTULO II

Max Rodriguez contemplaba el vasto dosel verde de las Cascadas. Su casa era remota, pero no lo suficientemente remota para su lado amante de la naturaleza. Pensó en Lydia, que estaba en Montana en ese momento. Ella siempre había adoptado una forma más audaz de trabajar, cumpliendo con los plazos y utilizando lo último en todo. Me pregunto qué estará haciendo, pensó. Miró algunas de sus muestras recientes de especímenes óseos en su escritorio. Una tenía escrito Wadhi al Hitan. Provenía del desierto del Sahara en Egipto. Estar en Egipto fue emocionante. Pudo emplear algunas de sus habilidades arqueológicas. Cuando viajaron más al interior de África, en la costa oeste, utilizó algunas de sus habilidades antropológicas con algunas tribus nativas. Max había participado en muchas expediciones de investigación últimamente. Algunas noches en África miraba hacia las estrellas. A veces olvidaba que la humanidad ya vivía entre las estrellas. La paleontología, la geología y la antropología eran solo algunas de sus áreas de interés. Disfrutaba de la paleobiología y la cosmología, como Lydia.

Fue a la cocina por una taza de café. El rico aroma le tentaba los sentidos. Encontró un álbum de recuerdos con fotos. Las miradas de sus padres estaban bien capturadas en las fotografías. Se los arrebataron, pensó. Aquella fatídica noche sigue persiguiéndolo hasta el día de hoy. Mirando a lo largo de su pared, estudió su álbum de fotografías de todo el mundo: México, India, China, Turquía y Etiopía. Más abajo en la pared había algunos esqueletos completos de pequeños dinosaurios terópodos. Los árboles afuera se agitaban enloquecidos mientras el viento azotaba su hogar. Miró el clima. Se acercaba una pequeña tormenta. ¿Volverían? pensó. Siempre había asumido que las teorías sobre los dinosaurios no eran tan unidireccionales. Todas llevaban a la extinción. Él se enfocaba en la vida, aunque en su mente siempre luchaba contra la muerte. Los espeluznantes sonidos de disparos se repetían una y otra vez. Pensar en Lydia no le hacía bien últimamente. Y, pensar en toda la gente de su equipo, aún menos. El trabajo científico se estaba volviendo remoto para él, y se obligaba a concentrarse en él. Tiró algunos papeles por la habitación. Si tan solo no hubieran muerto, pensó Max. Era joven cuando sus padres murieron, tendría unos once años. Ahora, con treinta y dos, pensaba que tendría más rumbo.

El virus que se llevó a su madre y a su padre fue letal. Max sabía que era mejor no jugar a ser detective. Pensó en su amigo Kenneth Gresser. Había pasado un tiempo desde la última vez que tomaron una cerveza, y envió un comunicado a su amigo Ken, que vivía a unas pocas calles de distancia. No respondió. Max suspiró. Pensó nuevamente en Lydia y en todo el trabajo que ambos habían hecho juntos. Todos sus viajes eran por la causa de la ciencia. Agarró un plátano y comenzó a comérselo como aperitivo. Tirando la cáscara al suelo, volvió al baño para mirarse en el espejo. Revisó sus papeles sobre Ken. A pesar de que Ken estaba en Marte haciendo su trabajo, aún había más que hacer en la Tierra. ¿Qué estaba haciendo allí?

En la quietud del lado este de la colonia de Marte, se podía escuchar el fluir del agua. Ken estaba frente a la imagen de un dinosaurio en la computadora. Marte albergaba la sede del trabajo científico de Ken, Lydia y Max. Girando en círculos en su silla, miraba los últimos datos. No había nada ahí afuera. En su oficina, Ken lanzó algunos dardos a un mapa estelar y reflexionó sobre el color de un Amargasaurus. Había pasado un tiempo desde que había hecho algunas observaciones. Los telescopios en Marte monitoreaban señales del espacio. No había habido ninguna pista. Todo había estado en silencio. Todavía conocía a Lydia y a Max, y sabía que estaba cerca de algo. Era algo revolucionario. Ken tenía la llave al mundo exterior con su agenda. Estudiaba todas las últimas evidencias paleontológicas, geológicas y arqueológicas que podían encontrar. Todo apuntaba a que volverían. El dinosaurio regresará algún día. Pero, ¿qué significaba eso ahora que la humanidad estaba entre las estrellas?

Ken continuó pensando. Aún necesitaba financiación antes de la exposición del proyecto más adelante ese año. Varias corporaciones estaban interesadas en financiarlo. Se esperaba que más se interesaran en el futuro. Se había pronosticado una tormenta de polvo cerca de la colonia en Marte. Necesitaba llegar al otro lado de la colonia. Su traje estaba al otro lado de su domicilio. Todo este tiempo sentado le hacía desear trabajar en sus empeños científicos. No podía evitar pensar en Lydia. Era hermosa y brillante. Vagando hacia su escritorio, se sentó para revisar algunos datos. Todavía no había nada. No llevaba a ningún lado. Pensó en diferentes rutas que el proyecto podría tomar. Podría expandirse a los siete continentes de la Tierra, e incluso a la Luna y Marte. Y al resto de los cuerpos celestes habitados o alguna vez habitados del sistema solar.

Mirando por la ventana, se quedó contemplando el terreno del planeta rojo. Él era el actual jefe del proyecto. Las responsabilidades pasaban entre los tres. Finalmente, decidió. Ampliaría el proyecto a todas las ciencias conocidas.

¿A qué contribuirían estas ciencias? La paradoja de Fermi era una de las más interesantes que Ken había encontrado. ¿Por qué estamos solos en el universo? La humanidad seguía empujando la exploración espacial a pesar de ello.

Utilizaría más recursos para expandir la investigación sobre la paradoja de Fermi.

Un escalofrío recorrió su hogar en la colonia de Marte.

"Computadora, por favor, ajusta los parámetros ambientales ," dijo Ken.

"Entendido," respondió la computadora de la colonia de Marte.

El nombre de la computadora era Levi. Casi era consciente de sí misma. En tan solo unos años más, sería capaz de alcanzar un nivel de inteligencia humano. Ken fue a su escritorio y escribió una nota. También necesitaría financiación para poner a Levi a trabajar en el proyecto. Pensando por un momento, Ken agarró su libreta. Tomó algunas notas. Necesitaba que Levi calculase algunos nuevos problemas de química. ¿Podrían quedar elementos residuales del tiempo en que ellos estuvieron aquí?, pensó. Una noche larga en el laboratorio podría satisfacer algunas de sus preguntas.

Agarró su chaqueta. Los sistemas ambientales comenzaban a experimentar desequilibrios por la tormenta de polvo. Tal vez esta noche sería la noche en la que lograrían el gran avance. Su casa estaba en los niveles superiores de la colonia y los laboratorios estaban en las cubiertas inferiores, en el otro lado. Los laboratorios estaban junto a los telescopios. Insertando su credencial para abrir la puerta, pudo escuchar el aullido del viento.

Entró en la habitación y los laboratorios se encendieron de inmediato, y Ken pudo ver qué datos se mostraban. Llevaba ya una o dos horas en los laboratorios y revisaba todo el espectro de las ciencias, desde la química, la biología y la física hasta la antropología.

Mientras observaba algunas señales químicas de los últimos hallazgos arqueológicos de la Tierra y los últimos descubrimientos geológicos de Marte, escuchó a Levi encenderse en el laboratorio.

"Señorzz." dijo Levi ", se está detectando una señal en la sala de telescopios."

"Grábala," dijo Ken.

"Grabando," respondió Levi.

Ken giró en su silla para mirar los datos que la sala de telescopios estaba enviando desde las computadoras. De hecho, era una señal. Provenía de las afueras del sistema solar. ¿Qué más podría encontrar?

"Levi, "dijo Ken ". Programa el telescopio para detectar objetos en movimiento en la vecindad donde se detectó la señal."

Levi ajustó el telescopio. Ken miró las computadoras y lo que vio lo dejó asombrado.

CAPÍTULO IV

Lydia miró todos los datos recientes durante su vuelo a Seattle. No podía creerlo. Han estado aquí, pensó. Miró por la ventana. Las nubes pasaban suavemente. No había visto a Max en un tiempo. Había asumido todos los proyectos necesarios, pero ¿eran demasiados? Su relación había estado bajo tensión. Ahora que habían encontrado su respuesta, ¿qué sucedería después?

El avión aterrizó sin problemas en Seattle. Lydia se despertó de una siesta y luego salió para recoger su equipaje. Caminó afuera y rápidamente detuvo un taxi. Subió mientras el tráfico aumentaba. Había una lluvia ligera y el sonido de la lluvia contra las ventanas del taxi era reconfortante. Todavía le dolía la ruptura con Max. Sin embargo, el trabajo debía continuar.

El taxi se dirigía a la casa de Max. Se puso una chaqueta dentro del coche, ya que hacía frío. Nunca le había gustado pagar por un taxi o incluso dejar propina al conductor. Mientras el taxi llegaba a su destino, decidió ir en contra de lo que usualmente hacía. Lydia salió del taxi y el taxista rápidamente tomó su equipaje.

La casa de Max era impresionante. Era una mansión. Una de esas nuevas que los arquitectos estaban construyendo. Se dirigió hacia la puerta principal. El timbre resonó por toda la casa cuando lo presionó. Un perro ladró. Era Gus, el beagle de Max. Max abrió la puerta.

Lydia esbozó una sonrisa agradable pero decidió lanzarse a abrazarlo.

"Ha pasado una eternidad," dijo.

"¿Cuándo fue la última vez?" dijo Max.

"Oh, hace más de tres años," respondió Lydia.

"Entra, hice la cena," dijo Max.

Lydia agarró el brazo de Max y él la condujo hacia el interior de su casa. Max cubrió los ojos de Lydia mientras se dirigían al comedor. Gus ladró a Lydia.

"Déjame ver," dijo ella.

"Está bien," dijo Max.

Lydia miró rápidamente alrededor del comedor. Todo estaba perfectamente dispuesto. Podía oler el aroma y se preguntó cuánto tiempo le habría tomado a Max prepararlo.

"Max, no debiste hacerlo," dijo Lydia.

Max no había visto la belleza de Lydia en mucho tiempo. Ambos se sentaron a la mesa. Mirando a los ojos de Lydia, Max sirvió algo de vino.

"Entonces, ¿cómo has estado? ¿Cómo ha ido tu trabajo?' preguntó Max.

"¿Yendo directo al grano, Max?" dijo Lydia.

"Sí, así es. Te veías muy agradable viniendo del aeropuerto.

"Bueno, Max, deberíamos contactar a Ken. Creo que este descubrimiento significa más que beber vino. ¿Qué significa?" dijo Lydia ". Todos los datos indican que dejaron una tarjeta de presentación. Los avances de la humanidad en las ciencias finalmente nos permiten decir que estuvieron aquí y un poco más sobre ellos," dijo Lydia.

"Entonces, ¿crees que esto va más allá de hace 65 millones de años o algo así?" dijo Max.

"Eso es a lo que apuntan todos los datos. Estoy diciendo que establecieron su civilización, la cual fue borrada con el tiempo," dijo Lydia.

Max se limpió la boca con la servilleta. Luego sirvió más vino en la copa de Lydia. Aclaró su garganta y miró por la ventana hacia las luces brillantes de la ciudad.

"¿Qué significa esto para la misión y la colonia en Marte?" preguntó Max con determinación.

"No he recibido noticias de Ken," dijo Lydia.

Una sensación de inquietud llenó el espacio entre ellos. Ken seguía en Marte, y ambos esperaban que llegaran buenas noticias de su investigación. Lydia jugueteaba con su cabello mientras Max terminaba de comer su cena.

CAPÍTULO V

Tomó 130 millones de años para que los dinosaurios evolucionaran. Establecieron un dominio largo en todo el mundo. ¿Qué significaron esos millones de años? pensó Ken. Miró los datos y los telescopios exploraron el cielo marciano.

Ken había estado durmiendo en un catre desde aquella noche junto a las computadoras. Revisaba sus notas todos los días. Los datos también coincidían con las notas. Necesitaba una señal más para confirmar que estaban ahí afuera y que habían dejado la Tierra.

Ken estaba dormido cuando empezó a escuchar el pitido de la computadora que indicaba un objeto en movimiento en el espacio exterior. Agarró un bolígrafo y papel e hizo algunos cálculos. Se estaba moviendo hacia la colonia de Marte. El objeto en movimiento podría impactar en Marte, pasar de largo o entrar en órbita alrededor del planeta. Moviéndose rápidamente por el laboratorio, envió un mensaje a Lydia y Max.

Calculando de nuevo, Ken hizo la predicción de que el objeto entraría en órbita alrededor de Marte.

Los cálculos y los datos indicaban que podría verse desde la colonia. Brillaría intensamente. ¿Qué clase de objeto era?

Ken salió a los atrios y miró hacia el cielo nocturno. El objeto en movimiento parecía un cometa ardiente. ¿Cómo podía ser eso?, pensó Ken. Volviendo al interior, se dirigió a algunos de sus instrumentos para capturar una imagen. Al principio, la imagen estaba borrosa, luego se volvió más nítida. Parecía que el objeto se estaba desintegrando en el cielo, revelando algo más. Apenas podía creer lo que estaba viendo y envió un mensaje a Max y Lydia.

CAPÍTULO VI

Max abrió su teléfono. Ken había dejado un mensaje. Se giró y encontró a Lydia durmiendo a su lado. Había una nota en el teléfono señalando que era urgente. Se recompuso, frotándose los ojos somnolientos, y se sentó en la cama. Luego, se dirigió a la computadora.

Abriendo el mensaje, Max lo leyó. La emoción comenzó a crecer en él. El mensaje de Ken decía que al principio había encontrado un objeto interestelar y que, tras una inspección más detallada, resultó ser una nave espacial. Tan pronto como terminó de leer el mensaje, Max comenzó a trazar en un mapa estelar. ¿De dónde venían?, dijo.

Pensó en todos los relatos míticos de dragones y otras bestias legendarias que podrían ser confirmados como criaturas que alguna vez vivieron. Las bestias míticas en la Tierra siempre venían del cielo. Los dragones y bestias significaban algo. La comunidad científica había pasado años realizando pruebas, haciendo exploraciones y trabajando en Marte para confirmar que los dinosaurios una vez estuvieron en la Tierra y Marte.

**Esta nave espacial era el primer encuentro de la humanidad. Ciertos segmentos de la humanidad estaban aterrorizados por lo que este descubrimiento había revelado; otros estaban intrigados. Incontables preguntas llenaban la cabeza de Max. ¿Serán amistosos?, pensó. Max envió un mensaje de respuesta a Ken. Lydia se despertó y bajó a la cocina para preparar el desayuno.

Max percibió el aroma de los huevos que estaba cocinando. Bajó las escaleras y entró en la cocina. Lydia levantó la mirada de la estufa.

"¿Qué pasa?" preguntó.

"Recibimos un mensaje de Ken. Encontró algo increíble allá afuera en el espacio. Algo que cambiará todo como lo han hecho tus hallazgos científicos," dijo Max.

"Debe ser algo bueno," bromeó Lydia.

"¡Dijo que encontró una nave espacial!" exclamó Max.

"No, estás loco. Yo dije que los dinosaurios alguna vez tuvieron una civilización, no que nos superaron en capacidad de pensamiento."

"¿Eso es lo que significan estos hallazgos?" replicó Max.

"Bueno, a partir de un cálculo simple, lo que un millón de años podría hacer a un cerebro complejo... diría que sí," dijo Lydia.

"¿Crees que sean amistosos?" preguntó Max.

"Ahora eso, señor," dijo Lydia con una sonrisa ", tendremos que descubrirlo nosotros mismos.

VII

Ken miró a algunas de las antiguas criaturas monstruosas en la pantalla del laboratorio. Le gustaba el monstruo de Japón, llamado Yamata no Orochi. Tenía ocho cabezas. La historia azteca de un dragón llamado Cipactli también era interesante. A diferencia de los dinosaurios, estos seres tenían poderes sobrenaturales. Lo que Ken estaba viendo en el cielo sobre Marte era sobrenatural, casi divino. La curiosidad se agitaba en él. La computadora emitió un pitido. Ken recibió un mensaje de Max.

El mensaje decía que Max y Lydia viajarían a Marte desde la Tierra. Deben tener buenos datos de investigación, pensó Ken. Ken decidió dirigirse al otro extremo de la colonia, donde se encontraban los transbordadores. Debía ver ese objeto por sí mismo. Sin embargo, debía pasar la seguridad.

Entró en su oficina y recogió sus cosas. Para engañar al sistema de seguridad, proyectó un holograma en el otro extremo de la colonia. Era un holograma de alguien robando la colonia.

Corrió y llegó a la plataforma de lanzamiento del transbordador. Subió al transbordador e introdujo las coordenadas para interceptar el objeto.

El cielo nocturno marciano pasó volando ante Ken. Antes de darse cuenta, ya estaba en el espacio. El casco de la nave estaba cubierto de hielo, como un cometa. Divisó lo que parecía ser una zona de aterrizaje. Un escaneo de la nave no mostró signos de vida. El transbordador se acercó a la nave y aterrizó con éxito. Ken soltó un suspiro de alivio. Realizó otro escaneo de la nave y mostró una concentración ligeramente diferente de gases en comparación con el ambiente de la Tierra. Ken tomó una máscara.

La nave espacial estaba en silencio. Presionó un panel de control para llevarlo a la cubierta fuera del área de aterrizaje. Había una espesa niebla por toda la cubierta y la iluminación era tenue. Siguió avanzando por la cubierta y, después de un rato, agarró una linterna. El sudor corría por su frente. Lo que fuera que viviera aquí prefería el ambiente un poco cálido. De repente, escuchó pasos.

Su cuerpo tembló de miedo. Una sustancia húmeda cayó sobre su máscara desde detrás de él. Sin embargo, antes de darse cuenta, se desmayó del miedo.

Max miraba la negrura del espacio mientras se acercaban a Marte. Lydia hojeaba el resto de sus notas sobre la investigación. Había pasado un tiempo desde la última vez que supieron de Ken. El clima en Marte estaba mejorando.

La nave aterrizó en las afueras de la colonia marciana. Antes de que Max y Lydia bajaran de la nave, Max envió un mensaje a Ken. Caminaron por el muelle espacial y se adentraron en la colonia. Había muchas personas rondando por el muelle espacial y los recuerdos de viajes anteriores a Marte se le vinieron a la mente. Estaba ansioso por ver el área principal de la colonia. Lydia agarró el brazo de Max.

"Es hora de irnos," dijo ella.

Max se sintió un poco molesto por Lydia tomando el liderazgo, pero pensó que la dejaría tomar la iniciativa esta vez. Finalmente, llegaron al área principal de la colonia.

Max buscó un mensaje de Ken en su instrumento científico. No había nada.

"Es hora de dirigirnos a los laboratorios y telescopios," dijo Ken.

Lydia sonrió y luego Ken tomó la delantera hacia los laboratorios. Lydia no había visto a Ken en un tiempo, así que estaba emocionada de verlo. Se preguntaba si Max y él cooperarían como lo habían hecho antes para llevar a cabo el trabajo.

"Estoy emocionada de ver el último trabajo de Ken y por qué estamos aquí," dijo Lydia.

"Sí, yo también," respondió Max.

Max pensó en lo que más podría estar reservado. Aún sentía una sensación de inquietud respecto al descubrimiento de Ken. ¿Qué significaba esto para el trabajo de Lydia y el suyo?, pensó. Llegaron a los laboratorios.

Lydia y Max rápidamente miraron alrededor del laboratorio. Sus tarjetas de seguridad les habían permitido entrar con facilidad. Había señales de una salida apresurada. Miraron las computadoras y vieron imágenes que parecían un cometa.

"Esto es fascinante," dijo Lydia ". Pero, ¿por qué se iría?"

"Se fue por las implicaciones. Tendríamos que reconsiderar nuestra teoría de la evolución," dijo Max.

"¿Crees que sea seguro allá arriba?" preguntó Lydia ". Debe hacer frío, así que lo que sea que esté allí o es el Yeti o no es lo que estamos buscando."

Max siguió buscando por el laboratorio. Encontró algunos libros de texto antiguos y más imágenes. Algunas mostraban monstruos míticos.

"Supongo que Ken estaba trabajando en una pista," dijo Max.

Max revisó los textos de los manuscritos y finalmente encontró algunas notas de Ken. Todo era especulación sobre bestias míticas provenientes del cielo.

"Supongo que simplemente dio un salto de fe y subió allí," dijo Max.

De repente, la computadora emitió un pitido. Lydia llevó a Max hacia la computadora. Ambos miraron con alivio. Era Ken, pero era una señal de socorro.

"Está allí arriba, en la nave," dijo Max. "Lo que sea que esté ahí arriba no es muy amistoso. Tenemos que ir allí y traerlo de vuelta."

Max y Lydia agarraron sus materiales de investigación, se pusieron un traje espacial y corrieron hacia el área de los transbordadores. Miraron alrededor de la zona de aterrizaje y despegue en busca de cualquier actividad sospechosa. Max introdujo las coordenadas de la nave que antes había sido un cometa.

Antes de darse cuenta, Max aterrizó el transbordador en la nave. Necesitaban entrar en la nave. Antes de buscar más, se toparon con el transbordador de Ken. Estaba en una especie de muelle espacial. Ambos escanearon el área para ver qué tipo de pistas podían encontrar. Sus instrumentos mostraron que Ken había escaneado la nave y su sistema ambiental antes de que la señal hiciera ping y luego se desvaneciera. Subieron a la nave.

Encontraron la máscara de Ken en el suelo de una de las cubiertas cerca del muelle espacial.

Los trajes espaciales detectaron un aumento en la frecuencia del pulso de Max y Lydia. El sudor comenzó a gotear de sus frentes.

"No te quites la máscara," dijo Max. "La atmósfera es demasiado diferente."

"¿Quién respiraría esto?" dijo Lydia.

"Algo muy grande y malvado," respondió Max.

Se abrieron camino hacia otra cubierta, donde encontraron lo que parecía ser un panel de control. Max sacó uno de sus instrumentos y logró obtener un esquema de la nave. En la oscuridad de la nave, escucharon ruidos extraños. ¿Era un animal?

"Encontré el área principal de la nave: la cubierta de mando," dijo Max.

"Max, ven a ver esto," dijo Lydia. Ella había entrado en una habitación que había estado sellada del resto de la nave. Max y Lydia empezaron a respirar con dificultad.

Sacando su linterna, Max comenzó a procesar lo que estaba viendo. Eran murales. ¿Algún tipo de mapa, quizá un mapa estelar? pensó. Max sacó uno de sus instrumentos y escaneó los murales y otros hallazgos arqueológicos. Los murales y todo lo demás apuntaban a la teoría de Ken en sus notas. Los habitantes de la Tierra habían conocido a estas criaturas antes en su historia. Un ruido se escuchó detrás de Ken y Lydia.

Ambos se dieron la vuelta y dirigieron sus linternas hacia la dirección del ruido. Para su sorpresa, algo los estaba mirando. Era un Velociraptor; un Velociraptor real. Chilló hacia ellos, y tanto Max como Lydia se miraron el uno al otro.

"¡Corre!" gritó Max. Al darse la vuelta, disparó al Velociraptor, aturdiéndolo. Ambos continuaron corriendo hacia otra puerta al otro lado de la sala llena de murales. Encontrando la seguridad de otra cubierta, cerraron y sellaron la puerta tras ellos.

"Estoy preocupada por Ken," dijo Lydia. "Es cierto. No puedo creerlo. Todo es cierto. Esto revolucionará todo. Sabíamos que podían volar, pero no sabíamos que volaban en el espacio."

"Sí, tienes razón. Pero la pregunta es quién está pilotando esta cosa," respondió Max.

Caminando hacia el área de mando, vieron otra habitación. Ken escaneó el área. Apareció escarcha en las máscaras de sus trajes.

"Parecen cámaras de sueño. Una está abierta y el ocupante se ha ido, y otra también. Las demás todavía están en funcionamiento," dijo Max.

Lydia miró fijamente las cámaras de sueño e hizo un escaneo. Limpió algo de escarcha del área de la cabeza de la cámara de sueño. Lo que había allí la dejó sin aliento.

"Son humanoides y reptilianos," dijo Lydia.

Escaneó los cuerpos de los reptiles que dormían, obteniendo la mayor cantidad de datos posible. Al escanear las dos cámaras de sueño abiertas, encontró charcos de una sustancia viscosa. Al inspeccionar más de cerca, vio signos y símbolos que indicaban un lenguaje.

"Maldita sea, ojalá hubiera estudiado lingüística," dijo Lydia.

El escáner comenzó a descifrar el guion. El panel con el guion comenzó a brillar. La luz pulsaba a través de las cámaras.

"Será mejor que nos pongamos en marcha y encontremos a Ken," dijo Lydia. "Encontré esta máscara suya en el suelo."

Max miró su escáner de nuevo y comenzó a mostrar una señal de vida humana. El escaneo se intensificó y volvió positivo como Ken.

"Está en el centro de mando. Y no hay obstáculos en nuestro camino hacia allí," dijo Max.

Max y Lydia mantuvieron sus pistolas de aturdimiento en posición. Llegaron al centro de mando. En el centro había una silla. Revisaron el resto del centro de mando. Al girar la silla, vieron a Ken inconsciente. Max automáticamente comprobó su pulso. Estaba vivo.

"Dios mío, ¿qué crees que pasó?" preguntó Lydia.

"No lo sé. Pero no quiero conocerlo," dijo Max, levantando a Ken por los hombros.

Ken dejó escapar un gemido.

"Está despertando," clamó Lydia.

Max lo sentó contra una pared.

"¿Quién te hizo esto?" preguntó Max.

"Terópodo," dijo Ken. "Era un terópodo humanoide," murmuró Ken. "También hay un Velociraptor. Solo váyanse. Es una trampa. Por favor."

"No te voy a dejar," dijo Max para reconfortar. Lydia le dio un sedante a Ken. Las luces parpadearon en el centro de mando.

Antes de que Max pudiera agarrar a Ken nuevamente, una forma se materializó delante de él. Era un reptiliano humanoide. Su piel era de un verde exuberante salpicado de marrón, y tenía ojos a los lados de la cabeza. Las fosas nasales eran hendiduras en su nariz prominente y su rostro. Comenzó a sisear hacia Lydia y Ken.

"¡Max!" dijo Lydia.

"No te muevas," dijo Max.

El reptiliano se volvió agresivo y emitió un chillido. Max esperó a que el alienígena hiciera un movimiento hacia él. Se quedó allí, como si estuviera leyendo su mente. ¿Entendía la situación en la que estaba? pensó Max. Ken continuaba gimiendo.

"Voy a encender el traductor," dijo Lydia llena de temor.

"¿Quién eres?" preguntó Max.

El traductor procesó las palabras de Max y el alienígena pareció más atento. Entonces parpadeó. Luego, dijo algo. Era una combinación de clics, gruñidos y chillidos. Max y Lydia se estremecieron ante los sonidos.

"Soy Zonit," dijo el alienígena. El alienígena parpadeó con sus ojos rasgados. Su respiración era pesada y notoria. Zonit parecía estar usando algún tipo de uniforme.

"¿Estás con otros?" inquirió Max.

"Sí, hay otros. Pero solo uno logró despertar de su cámara de sueño de manera segura," dijo Zonit.

"¿Cuánto tiempo han estado dormidos?" preguntó Max.

"Ha pasado algún tiempo desde que estuvimos en la cámara de sueño. Y necesitamos atención," respondió Zonit.

Max observó al alienígena de cerca. Era casi como si estuviera leyendo su mente. Comenzó a temblar. Su mente percibió a un intruso.

El alienígena parecía más tranquilo, pero Max y Lydia aún no tenían sus respuestas. Los tres permanecieron firmes hasta que Zonit rompió el silencio. Sus fosas nasales se ensancharon mientras comenzaba a articular su lenguaje alienígena.

"Lo que quieren puede que no se los pueda dar," dijo Zonit.

"¿A dónde va esta nave?" preguntó Max.

"Va al planeta llamado Tierra en nuestra historia reverenciada. Un planeta en el que hemos estado hace mucho tiempo," respondió Zonit.

"¿Qué quieren con él?" cuestionó Lydia.

"Bueno, queremos todo. Es nuestro hogar," dijo Zonit.

"Entonces, ¿son de la Tierra? Pareces una especie de dinosaurio en forma humana," dijo Max. "¿Esperas que me crea esto?"

"Max, no arruines esta investigación y deja la actitud," instruyó Lydia.

"Ken está empezando a despertar," dijo Lydia. "Ken, soy yo, Lydia."

"Están en nuestra mitología, Lydia y Max. Todo iba bien hasta que dijo que llamaban a la Tierra su hogar y querían que nos fuéramos," respondió Ken.

"Ha pasado algún tiempo desde que regresamos a la Tierra," afirmó Zonit.

"¿Qué tipo de nave es esta?" preguntó Max.

"Es una nave de sueño y arca. Hay otras especies no evolucionadas de mí en esta nave, a las que ustedes llaman dinosaurios. Su amigo se encontró con uno e hizo lo correcto al huir de él. Así es como me conoció," dijo Zonit.

"Necesita atención médica," dijo Max.

La nave comenzó a producir sonidos metálicos, como si el casco estuviera empezando a ceder. Zonit se acercó a la consola. Max notó cómo habían evolucionado las manos del dinosaurio. Lydia procesaba toda la información lingüística que podía a través del traductor.

"La nave está perdiendo su cubierta," dijo Zonit. "Estamos siendo arrastrados demasiado cerca de Marte."

Ken abrió los ojos y vio a Max y Lydia frente a él. Sabía lo que el alienígena quería: la Tierra. Pretendían llevar a la humanidad a la esclavitud o la extinción. Chillidos y bramidos llenaron el centro de mando.

"¿Por qué querrían dañar a la gente de la Tierra? ¿Acaso su especie se ha vuelto loca? Están en nuestra mitología. Una vez, los alienígenas fueron nuestros maestros," dijo Max.

"La verdad es más difícil de comprender," dijo Zonit con desdén. "Para terminar este estancamiento, sugiero un intercambio. O podrían convertirse en comida.

"¿Qué clase de intercambio?" preguntó Lydia.

"Han llegado muy lejos, humanos. Pero mi especie necesita tecnología para evitar morir y desvolucionar," dijo Zonit. "No estoy pidiendo mucho, solo un intercambio de tecnología."

Ken se colocó entre Max y Lydia. Lydia le dio una pistola de aturdimiento, pero hizo un gesto para que la configurara para matar. Max observó mientras el alienígena chillaba y hacía clic sobre un dispositivo. Los chillidos y bramidos se hicieron más fuertes. Zonit habló a los tres.

"Entréguenme la información sobre su última tecnología," dijo Zonit, "y mis primos no evolucionados les perdonarán la vida."

"Solo podemos darte lo que tenemos," dijo Max.

Zonit parecía estar ocultando algo. Las consolas del centro de mando se estaban activando cada vez más. Max y Lydia completaron una descarga de información y la pusieron en un dispositivo. Lydia notó que había sangre saliendo de los oídos de Max.

"Max, ¿estás bien? Estás sangrando," dijo Lydia con voz preocupada.

"Siento… siento… Nunca me he sentido así antes. Es como si alguien estuviera dentro de mi mente," dijo Max.

"Precisamente," afirmó Zonit. "Has experimentado la pérdida, humano. Igual que algunos de mi especie. Niños sin madre ni padre. El hambre, la enfermedad y la guerra están en todas partes. Eso te ha motivado en tu búsqueda. Algunos dijeron que era una búsqueda inútil. Resulta que estaban equivocados."

"¿Cómo sabes que he experimentado la pérdida? Por favor, sé más específico," preguntó Max.

"Leí tu mente. Todos hemos experimentado pérdidas. Perdiste a tus padres cuando eras joven. Como consecuencia, buscaste algo para silenciar tu mente. Tu investigación calmó tu mente, pero comenzó a dañar tu alma. Sí, creo en el alma," susurró Zonit.

Max parecía no saber qué decir. Decidió indagar más mientras entregaba la información sobre el intercambio de tecnología. Frunció el ceño y consideró lo que estaba a punto de decir.

"Mis padres, ¿puedes traerlos de vuelta del más allá? Su tecnología biológica es más avanzada," dijo Max.

Golpes metálicos resonaron en la puerta del centro de mando. Los otros alienígenas—los dinosaurios—habían llegado. Ken, Lydia y Max empezaron a entrar en pánico.

"Ustedes tres deben irse," dijo Zonit.

"¡Pero la Tierra! ¿Por qué quieren ir allí? Somos inocentes," gritó Ken.

La nave se sacudió, y Zonit y los tres fueron arrojados al suelo. Un esquema apareció en la pantalla. Max lo estudió.

"¡La nave! El rumbo de la nave es ahora la Tierra," dijo Max—. ¡Mentiste!

Zonit abrió las manos para señalar que no tenía malas intenciones. Max, Ken y Lydia se dirigieron hacia el otro lado del centro de mando y atravesaron una puerta. Llegaron al transbordador.

"Los sistemas están caídos," dijo Max.

"No necesitamos las máscaras," instruyó Ken.

"¿Estás seguro?" preguntó Lydia.

Max estaba usando uno de sus instrumentos para intentar poner los transbordadores de nuevo en línea. Sus manos temblaban y respiraba con dificultad. Ken y Lydia miraban ansiosos, esperando una respuesta de Max.

De repente, las consolas comenzaron a pulsar con energía y luz. Chispas volaron al aire. Los tres cubrieron sus rostros. La sangre empezó a correr de sus oídos. Y pronto cayeron en un sueño profundo.

Cuando despertaron, todavía estaban en el transbordador. Max, Lydia y Ken intentaron sacudirse el efecto mareante de haber quedado inconscientes de repente. Max golpeó la silla con frustración.

"¿Dónde estamos?" preguntó Ken.

"Todavía estamos en la nave," dijo Max.

Max miró las coordenadas. La nave ahora estaba en órbita alrededor de la Tierra. Tenemos que llegar a Zonit, pensó. Aún se podían escuchar los chillidos y bramidos por toda la nave.

"Tengan sus pistolas de aturdimiento listas y configuradas para matar" dijo Max.

Se dirigieron de nuevo al centro de mando. Zonit estaba de pie al frente, y otro alienígena estaba junto a él.

Zonit tocó la consola. Lydia, Max y Ken miraron asombrados lo que sucedió. Un haz de luz fue enviado hacia la Tierra. La zona estaba poblada. Era Estambul, Turquía. Imágenes pasaron rápidamente frente a Zonit. Eran imágenes de personas corriendo y gritando.

"¡Zonit! ¿Qué está pasando?" preguntó Max.

"Tu especie pronto comenzará a atravesar una extinción en este planeta," respondió Zonit.

El otro alienígena reptiliano parecía femenino. Tenía una mirada ardiente ante los eventos que sucedían en la Tierra. Pequeños dinosaurios terópodos estaban a sus pies.

"Esta es Thera," dijo Zonit. "Ella es mi compañera. Es mi pareja, lo que ustedes llamarían esposa —dijo Zonit con una voz jubilosa."

"Pronto, el resto de nuestra especie evolucionada llegará aquí," hizo clic Thera. "Para ayudar con el proceso."

"¿Qué proceso?" cuestionó Lydia.

"Míralo tú misma," dijo Thera.

El polvo estaba por todas partes en el sitio donde el rayo había tocado. Formas comenzaron a emerger del caos. Para asombro de Ken, Lydia y Max, dinosaurios estaban emergiendo del suelo. Huesos con carne materializándose sobre ellos.

"Nuestro mayor logro," dijo Zonit en un tono triunfante.

"Devolvemos la vida de entre los muertos," dijo Thera.

"Dios mío," dijo Lydia. "Están vivos. Pero toda la investigación apuntaba a una civilización real. Hay esperanza para nuestras dos especies. Su tecnología puede ayudar a resolver los problemas en la Tierra."

Ken miró a Lydia. Los mitos ahora eran hechos. Los mitos estaban vivos y respirando. Las teorías científicas se habían vuelto del revés.

"Construimos una civilización en un millón de años," dijo Zonit. "Alcanzamos nuestro apogeo. Luego ocurrió el impacto del asteroide."

Lydia y Ken esperaban órdenes de Max. Debían apagar el rayo de resurrección. Max parecía confundido.

"Leíste mi mente, Zonit. ¿Puedes traerlos de vuelta?" preguntó Max.

Zonit se volvió y los miró. Gruñó. Thera hizo lo mismo.

"Preferiría convertirte en comida," dijo Zonit.

Presionó el panel de la consola del centro de mando y las puertas del centro se abrieron. Un dinosaurio terópodo amenazante apareció en el umbral. El terópodo chilló, haciendo que Max, Lydia y Ken se estremecieran. Thera y Zonit se alejaron y salieron del centro de mando.

El dinosaurio terópodo corrió hacia los tres. Estaba preparándose para atacar. Sus garras amenazantes cortaban el aire. Abrieron fuego contra el dinosaurio. Se agachó y finalmente saltó al aire. Y la criatura atacó a Ken. Ken cayó hacia atrás y la sangre brotó de su pecho. El dinosaurio lo mató.

Lydia abrió fuego y alcanzó la cabeza del dinosaurio. Gritó de dolor y cayó al suelo del centro de mando con un golpe sordo.

"No, no, no, Ken. No mueras," dijo Lydia mientras sostenía a Ken. Comenzó a sollozar. Max estaba frenético. Debía intentar acceder a la tecnología alienígena. Ellos sabían cómo resucitar la vida. De alguna manera, Max logró abrir un archivo desde la consola. Zonit había descargado su conciencia en la nave. Los recuerdos de sus padres estaban allí.

Lydia lloraba sobre Ken. Max creía que estaba muerto, pero no había tiempo para saberlo. Uno de sus instrumentos emitió un pitido. Alguien se acercaba. Max se levantó y corrió hacia la puerta. Salió del centro de mando y se dirigió al transbordador.

Max revisó todos los sistemas del transbordador. Estaban operativos. Introdujo algunas coordenadas. La mecánica del transbordador zumbó y el muelle de aterrizaje se abrió hacia el espacio. Mientras guiaba el transbordador, Max miró hacia abajo y vio un rayo de resurrección. Este estaba en el territorio del antiguo Estados Unidos de América. Era Oregón. Sus padres estaban enterrados en Oregón, junto a una cabaña que solían tener cuando vivían. Tomó un tiempo para que el transbordador encontrara un lugar para aterrizar, pero finalmente, Max lo guió con éxito.

Max salió del transbordador. La luz del rayo de resurrección estaba en todas partes. Dos formas comenzaron a aparecer. Max comenzó a llorar.

"¡Mamá! ¡Papá!" dijo.

Cuando las formas se materializaron, eran ellos. Su madre y su padre extendieron las manos hacia él. Max enterró su cabeza en el pecho de su padre y sollozó.

"¡Los extraño tanto, más de lo que el mundo podría saber!" exclamó Max.

La madre de Max limpió algunas de las lágrimas de Zach. El padre hizo lo mismo. Una tonalidad azul estaba por todas partes. Max sostuvo las manos de su madre y su padre. No podía creerlo.

La luz del rayo de resurrección comenzó a intensificarse y luego a desvanecerse. Los padres de Max parecían una mera ilusión a veces. Comenzó a tocarlos de nuevo. Sus manos solo comenzaron a atravesar el aire.

"No, no se vayan," dijo Max a sus padres.

Parpadeaban, materializándose aquí y allá, hasta que desaparecieron. Max escuchó otro transbordador detrás de él. Era Lydia.

"¡Max! Ken está muerto," dijo Lydia.

"El rayo de resurrección lo ayudará," dijo Max.

Los ojos de Ken comenzaron a moverse de un lado a otro. Uno de los instrumentos de Ken detectó actividad cerebral. Ante los ojos de Max, la herida en el pecho de Ken comenzó a sanar. Sus ojos empezaron a abrirse. Lydia comenzó a llorar de alegría.**

"Funcionó," dijo Lydia. "Pensé que te había perdido."

Ken suspiró aliviado. Absorbió lo que le rodeaba. Su respiración volvió a la normalidad.

"Estamos de vuelta en casa," dijo Ken.

Max volvió al transbordador. Miró y leyó las últimas noticias. La nave de Zonit estaba emitiendo numerosos rayos de resurrección. Había muchos dinosaurios causando estragos ahora. Estaban en Londres, París, Tokio, Pekín y Río de Janeiro.

Max hizo un gesto a Lydia y Ken. Ellos se estaban abrazando. Nunca había pensado que hubiera un romance entre ellos.

"Entren al transbordador," dijo Max.

Obedecieron. Max los miró con resentimiento. Había olvidado su búsqueda de Lydia. Casi no le importaba, ya que había tenido la oportunidad de ver a sus padres. Había esperanza de poder recuperarlos.

Tomando asiento en la silla del piloto, Max trazó un rumbo hacia Madrid, España. Había algunos dinosaurios interesantes que Max quería ver. El transbordador se elevó del suelo y despegó.

Desde el aire, los tres podían ver a los dinosaurios caminando por la tierra de España. Algunos eran nuevos saurópodos gigantes, y vieron un par de pterosaurios cerca del transbordador. Max ingresó algunos comandos en la consola del transbordador y comenzó a escanear las noticias.

"Las noticias globales dicen que los líderes mundiales están considerando el rayo de resurrección como un ataque de una fuerza hostil," dijo Max.

"¿Cómo volvemos a la nave?" preguntó Lydia.

"Con suerte," rió Max.

Max guió el transbordador de regreso a la nave. Cuando todos estuvieron a bordo, accedió a las consolas de la nave de Zonit. La nave se sacudió y la consola indicó problemas.

Las consolas indicaban que la nave de Zonit estaba recibiendo impactos desde la Tierra. La nave recalibró sus sistemas. Tenía escudos. Una vez que Max los activó, las armas fueron desviadas de la nave.

Max, Lydia y Ken miraron alrededor del centro de mando. Habían visto mucho. Y solo había aumentado su interés.

"¿Dónde está Zonit?" preguntó Lydia.

"¿Necesitamos volver a las cámaras de sueño?" dijo Ken.

"De acuerdo," concordó Max.

Antes de salir del centro de mando, escanearon las cubiertas que estaban a punto de entrar. No se detectaron signos de vida.

El sonido de los chillidos y bramidos de los dinosaurios todavía era débil. Entraron en la habitación con las cámaras de sueño. Zonit estaba solo junto a una de las cámaras.

"¡Zonit, necesitamos tu ayuda! Necesitamos que convenzas a los líderes de la Tierra de que no eres una amenaza," dijo Max.

Zonit tenía las manos sobre una de las cámaras de sueño.

"Ella era la única para mí," dijo Zonit. Lydia y Ken se miraron el uno al otro. Lo que parecían lágrimas se acumulaban bajo los ojos de Zonit.

"¿Qué pasó?" preguntó Lydia.

"Tuve que devolverla a la cámara de sueño. Contrajo un virus," dijo Zonit.

"Lo siento mucho," dijo Max.

Lydia y Ken miraron a Zonit. Su respiración se hizo pesada. Entrecerró los ojos, las hendiduras de sus ojos se hicieron más pequeñas.

"Puedo ver que conocen lo que los humanos llaman amor," dijo Zonit.

A Max ya no le importaban Lydia ni Ken. Ahora solo le importaban los líderes mundiales y recuperar a sus padres del mundo de los muertos. Zonit se acercó a Max y colocó una mano sobre él. Zonit comenzó a leer la mente de Max, entendiendo dónde se encontraba el corazón de Max.

"¿Qué te sucederá, Zonit? ¿Qué sucederá con la nave?" insistió Max.

"Más de los míos llegarán. Tendrán que tener lugar negociaciones. La ciencia ha sido puesta de cabeza ante los ojos de la humanidad. Los míos son civilizados, saben qué hacer," dijo Zonit.

Max colocó su mano en el hombro de Zonit y le sonrió en respuesta. Zonit parecía triste. Max sabía por qué. Había encontrado su hogar, la Tierra.

"Cuando nuestros huesos descansen, la tierra estará tranquila de nuevo," dijo Zonit. "Es un dicho de nuestra religión."

"¿Qué hay de tus primos en la Tierra, los no evolucionados?" preguntó Max.

"Sobrevivirán. Ya he colocado algunos satélites en órbita para monitorearlos. La evolución seguirá su curso nuevamente," dijo Zonit.

"¿Puedes traer de vuelta a los padres de Max con seguridad?" preguntó Ken.

Max miró a Lydia y Ken. Parecían felices juntos. Perder era difícil, pero saber que habían comenzado una relación era aún más difícil.

"Volveremos a la superficie de la Tierra, Max," dijo Lydia.

"Que la Tierra repose en silencio cuando tus huesos descansen, Max," dijo Zonit.

Había mucho más en estos dinosaurios viajeros del espacio, pensó Max. Había esperado toda su vida para ver a dónde había llevado la ciencia a la humanidad. Aceptó el dicho de Zonit, que en términos humanos sonaría como una oración. Max caminó hacia Lydia y Ken. Zonit se recompuso. Entró en una cámara de sueño y se recostó en ella. Comenzó a cerrarse y se escuchó un suspiro de aire.

"Debemos irnos antes de que la nave salga de órbita," dijo Lydia.

"De acuerdo," dijeron Max y Ken.

Se dirigieron al área de los transbordadores. Una Tierra azul, verde y marrón se extendía bajo ellos. Guiaron el transbordador con éxito. Se dirigían a Seattle, Washington. Los tres escuchaban las últimas noticias sobre los dinosaurios que ahora caminaban nuevamente por la Tierra. Cuando finalmente llegaron a Seattle, Washington, los tres estaban dormidos. El piloto automático estaba guiando el transbordador. Una alarma sonó en la computadora. Los tres se despertaron y miraron por la ventana. Habían llegado a casa.

Lydia y Ken salieron del transbordador. Max los siguió. El aire del noroeste del Pacífico llenó sus pulmones.

"Bueno, ha sido grandioso, Ken," dijo Max.

"Sí," respondió Ken. "Me salvaste la vida."

"No hay problema. Una vez fui salvavidas. Viene con el territorio," dijo Max.

Lydia permaneció en silencio, pero sus ojos indicaban que era sincera. Max la echaría de menos, pero su ambición le decía que estaría bien. Caminaban hacia la estación de transporte público más cercana. Max se metió la mano en el bolsillo. Miró hacia abajo y estudió una foto de sus padres. Había llegado a casa.